28 Decembre 1910

VENTE

HOTEL DROUOT — SALLE N° 7

Les Mercredi 28 et Jeudi 29 Décembre 1910

A DEUX HEURES

ANCIENNES

FAIENCES & PORCELAINES

Italiennes, Françaises
Allemandes, Espagnoles et de l'Extrême-Orient

OBJETS DE VITRINE, BIJOUX

DINANDERIE - BRONZES - SCULPTURES

DES XVIe, XVIIe, XVIIIe ET XIXe SIÈCLES

MEUBLES ANCIENS, TABLEAUX, DESSINS

Tapisseries, Étoffes, Tapis

Me Paul PELLERIN Successeur de Me Henri BERNIER COMMISSAIRE-PRISEUR *11, Rue Saint-Lazare, 11*	**M. Arthur BLOCHE** EXPERT PRÈS LA COUR D'APPEL *21, Boulevard Haussmann, 21*

EXPOSITION PUBLIQUE

Le Mardi 27 Décembre 1910, de 2 heures à 6 heures

C. Chaufour, Imprim.
6-8, Rue Milton. aris

CONDITIONS DE LA VENTE

Elle sera faite au comptant.

Les acquéreurs paieront *dix pour cent* en sus des enchères.

L'exposition mettant le public à même de se rendre compte de l'état des objets, il ne sera admis aucune réclamation une fois l'adjudication prononcée.

DÉSIGNATION

FAIENCES ITALIENNES

PORCELAINES

1 — Petit plat creux au centre et à larges bords en faïence de Faënza représentant un buste de patricienne avec banderolle à inscription et la date 1532 en polychrome les bords sur fond blanc une suite de dessins très délicats, ornements et rinceaux en sopra bianco. Au revers on lit la signature *Celte* et un fragment de date. Spécimen précieux et intéressant du XVIe siècle.

2 — Coupe creuse en ancienne faience d'Urbino, décor au centre à figure d'amour, bordure concave raphaëlesque.

3-4 — Deux plats en ancienne faïence italienne, dont l'un à reflets bleutés, décor à armoiries.

5 — Compotier sur piédouche en ancienne faïence de Savone, décor à animaux et volatiles en bleu.

6 — Petite saucière en ancienne faience d'Urbino, décor raphaëlesque.

7-8 — Deux petites assiettes en ancienne faïence de Castelli, décor à paysages.

9 — Cornet de pharmacie en ancienne faïence italienne, décor à inscription et feuillages.

10 — Deux flambeaux en faïence blanche de Lorraine formés de statuettes d'enfants portant deux lumières.

11 — Deux vases en porcelaine d'Allemagne, décor à médaillons représentant des bustes d'empereurs romains encadrés de rubans.

12 — Deux beaux vases couverts, en porcelaine d'Allemagne, décor représentant en relief et en polychrome des insectes et des volatiles perchés sur des branchages feuillagés et fleuris.

13 — Groupe en porcelaine d'Allemagne : Marquis et Marquise.

14 — Paire de vases vieux Delft fond bistre décor bleu à fleurs, couvercles surmontés de chiens.

15 — Plat en vieux Chine décor central à objets d'ameublement en bleu, bordure polychrome.

16 — Plat en vieux Rouen, décor à personnages en bleu et violet.

17 — Groupe en porcelaine d'Allemagne : scène galante.

18 — Bouillon en porcelaine de Vienne, décor à fleurs et rehauts d'or.

19-20 — Deux statuettes en porcelaine d'Allemagne, femmes en crinoline.

21-22 — Deux corbeilles en blanc de Vienne, décor treillagé.

23 à 26 — Huit cornets ou vases de pharmacie en faïence espagnole, décor en bleu, XVIIIe siècle, (sera divisé).

27 — Deux salières en faience espagnole décor à fleurs.

28 à 33 — Six paires de vases de pharmacie en faïence espagnole, XVIIIe siècle.

34-35 — Deux paires de salières en faience espagnole.

36 — Groupe en porcelaine de Vienne représentant un gentilhomme offrant des fleurs à une jeune dame en robe à crinoline.

37 — Deux cache-pots en porcelaine genre de Sèvres, décor à fleurs, anses formées par des têtes de béliers

38-39 — Deux jardinières en faïence blanche, décor à écussons et fleurs ajourées.

40 — Corbeille en faïence blanche et à anses, décor à ornements ajourés.

41 — Deux tasses et soucoupes en porcelaine, décor représentant Napoléon Ier et l'impératrice Joséphine.

42 — Jardinière en porcelaine du Premier Empire, décor à rehauts d'or.

43 — Deux vases en porcelaine de Chine, décor dans le goût de la famille verte.

44 — Deux jardinières de Chine à décor polychrome.

45 — Paire de potiches de Chine avec couvercles, décor paysages.

46-47 — Deux Divinités en blanc de Chine.

47 *bis* — Paire de vases de Chine, décor en bleu sur blanc.

48 — Petit brûle-parfums de Chine, décor polychrome.

49-50 — Deux figurines en grès de Fizen.

51 — Paire de vases décor à paysages, genre famille verte.

52 — Personnage en grès émaillé.

53 — Brûle-parfums décor polychrome.

54 — Deux porte bouquets en porcelaine de Chine.

55 à 59 — Diverses pièces de vitrine.

SCULPTURES

60 — Joli buste en marbre représentant une dame de la cour de Marie-Antoinette en costume de l'époque. Travail style XVIIIe siècle.

61 à 64 — Quatre statues en terre cuite représentant : la Tragédie, la Géographie, la Musique et la Sculpture, XVIIIe siècle. Hauteur 1^m46.

65 — Buste de femme en marbre dans le goût du XVIIIe siècle.

66 — Bas-relief en bois sculpté sur fond doré : La Résurrection du Christ.

DINANDERIE

67 — Très belle margelle de puits en fer forgé, dessin des plus délicats en forme de corbeille, XVIe siècle.

68 — Devant de cheminée en fer forgé, les montants formant lampadaires, XVIe siècle.

69 — Pupitre en fer forgé. XVIe siècle.

70 — Armure allemande en fer avec épée à deux mains. XVIe siècle.

BOITES, ÉTUIS, MINIATURES

71 — Boîte en ancien émail de Saxe, décor représentant sur le couvercle et à l'intérieur la Partie de musique et sur les côtés des scènes diverses.

72 — Souvenir en galuchat, avec ornements en argent gravé et présentant sur une face une miniature : portrait de femme, et sur l'autre un fixé : scène d'intérieur.

73 — Noix en ivoire sculpté, s'ouvrant en deux parties et présentant des scènes d'intérieur de style XVIIIe siècle.

74 — Boîte à mouches en écaille incrustée d'or, décor à corbeille fleurie et étoiles.

75 — Curieuse statuette de Marie-Antoinette en ivoire sculpté, s'ouvrant et formant triptyque et représentant des scènes de la vie de Louis XVI.

76 — Petite mandoline en écaille incrustée de nacre.

77 — Miniature : portrait de femme avec corsage décolleté.

78 — Miniature : portrait de prince du Premier Empire. Cadre bronze.

79 — Bas-relief sur fond de velours rouge : Cérès.

80 — Groupe en porcelaine d'Allemagne : les Amours sculpteurs.

81 — Porte-allumettes formé par une statuette de joueur de flûte.

82 — Souvenir-nécessaire de dame en galuchat orné d'une miniature : portrait d'une femme, et d'un fixé : marine ; monture en argent gravé, renfermant divers accessoires de toilette.

83 — Diptyque en ivoire sculpté, forme boule, représentant à l'intérieur des scènes des contes de La Fontaine.

84 — Petite boîte en vernis Martin, décor à personnages. XVIIIe siècle.

85 — Miniature ovale représentant une scène de genre avec cadre en acier. XVIIIe siècle.

86 — Boîte en écaille avec miniature : portrait d'homme. XVIIIe siècle.

87 — Petite gravure ovale : scène de genre d'après ISABEY. Encadrée.

88 — Boîte en laque avec portrait de femme.

89 — Vidrecome en ivoire sculpté, décor à scènes mythologiques, monture en argent ciselé et repoussé, couvercle surmonté d'une statuette d'enfant. Style Louis XIII.

90 — Petit flacon en émail décor à personnages.

91 — Deux agrafes en cuivre ave centourages en strass.

92 — Six boutons en strass, monture cuivre.

93 — Etui en écaille monté en or.

94 — Deux plaquettes en cuivre, sujets en bas-relief. XVIe siècle.

95 à 106 — Suite intéressante d'éventails anciens du XVIIIe siècle et du Premier Empire. (Seront vendus séparément.)

107 — Manche d'ombrelle en vermeil.

108 — Mouvement ancien de pendule.

109 — Flambeau bouillotte à deux lumières et bougeoir en cuivre.

110 — Ecuelle avec couvercle en étain Louis XIV.

111 — Ecuelle en étain avec couvercle à côtes tournantes et rocailles. Louis XV.

112 — Groupe en ivoire : la Vierge assise, tenant l'Enfant-Jésus sur ses genoux. XVIIe siècle.

BIJOUX ANCIENS & MODERNES

113 — Croix en or, parties émaillées, garnie sur les deux faces d'émaux peints représentant le Christ et la Sainte Vierge en prière. Epoque Louis XIII.

114 — Médaillon en or filigrané orné de perles, renfermant une peinture : la Vierge portant l'Enfant-Jésus. XVIIe siècle.

115 — Pendentif en or filigrané présentant au centre deux anges agenouillés au pied de l'ostensoir. Epoque Louis XIII.

116 — Médaillon en or, parties émaillées, offrant au centre d'un côté la Vierge et l'Enfant, de l'autre le Christ. XVIIe siècle.

117-118 — Pendentif à double face en or émaillé avec médaillon au centre, peinture sous verre sujet biblique. XVIe siècle.

119 — Petit pendentif offrant sous verre le Christ en croix, sculpture sur ivoire, monture reliquaire en or. Epoque Louis XIII.

120 — Pendentif en or enrichi de grenats, offrant sur une face un médaillon peint sur émail : la Sainte Famille et de l'autre côté, sculpté sur ivoire, une Diane couchée. Fin XVIe siècle.

121 — Pendentif émail peint représentant des chantres autour d'un monument, monture or gravé et ajouré enrichie d'émeraudes. Epoque Louis XIII.

122 — Médaillon reliquaire en or émaillé offrant au centre d'un côté un émail figure de femme et de l'autre un saint Esprit. Epoque Louis XIII.

123 — Bague marquise topaze rose, double entourage de marcassittes, monture or et argent.

124 — Bague cachet à armoirie en or cerclée de cariatides.

125 — Pendentif en or filigrané avec émeraudes, émail peint : Vierge et Enfant au centre. Epoque Louis XIII.

126 — Email peint sur or représentant la duchesse de Ferrare, d'après Le Titien. XVIIIe siècle.

127 — Email peint octogonal représentant un oiseau au milieu de fleurs en couleur sur fond noir. Epoque Louis XIII.

128 — Flacon à sels formant cassolette dans le bas, monture en or ciselé avec perle fine. Style Louis XVI.

129 — Email peint de Limoges représentant la Vierge et l'Enfant. XVIIe siècle.

130 — Cachet boule du Monde en émail gros bleu étoilé d'or, porté par les Trois Grâces, en bronze doré et argenté.

131 — Flacon en émail peint : Amours et fleurs. Travail moderne.

132 — Bracelet en or, modèle gourmette, avec médaillon au chiffre J. R.

133 — Petit cadre octogonal en cuivre émaillé et à double face.

134 — Bague platine : rubis d'Orient avec double entourage de brillants.

135 — Bague or : saphir cabochon entouré de brillants.

136 — Bague or ciselé orné d'un rubis cabochon d'Orient.

137 — Broche or et platine orné de brillants et d'une perle fine.

138 — Broche forme fer à cheval en or enrichie de turquoises et de diamants.

139 — Sautoir en platine orné de cent vingt perles fines.

140 — Trois boutons de chemise or et perles fines.

141 — Collier en corail rose.

142 — Chaine de cou en platine avec barrette en diamants et deux pendeloques corail rose.

143 — Epingle de cravate or et perle fine.

144 — Bague en platine ornée d'une émeraude entourée de brillants.

145 — Porte cure-dents métal argenté formé par un ours tenant un parasol.

146 — Jardinière en métal argenté de style Louis XVI.

147 — Encrier en onyx et bronze.

148 — Petit groupe en marbre et composition : « Le Passage du gué », signé Arnoux.

149 — Statuette en bronze sur socle marbre.

150 — Pendentif en bronze partie émaillée orné de perles fines.

BRONZES

151 — Deux coupes sur piédouches en bronze, décor en relief.

152-153 — Deux statuettes en bronze : Voltaire et Rousseau, socles en marbre.

154 — Pendule forme lyre en porcelaine gros bleu de Sèvres et bronze doré. Style Louis XVI.

155 — Deux petits supports en bronze, dessus en marbre vert de mer. Style Premier Empire.

156 — Jardinière en cuivre, décor à personnages, animaux et inscription.

157 — Paire de cornets en porcelaine, fond jauns impérial, décor à perroquets perchés sur des branchages fleuris, montures en bronze fumé dans le goût de l'Extrême-Orient.

MEUBLES

158-159 — Deux stalles bois sculpté avec têtes d'anges en haut relief décorant la Miséricorde.

160-161 — Deux devants de coffres en bois sculpté, décor à ogives fleuronnées et écussons, composés de dix panneaux gothiques.

162 — Six chaises bois ciré couvertes de damas rouge, XVIe siècle.

163 — Horloge avec gaîne en bois laqué vert, richement décorée de sujets dans le goût chinois, à rehauts d'or. Époque Louis XIV, Le cadran signé JOHN COWELL, Royal Exchange. London.

164 — Glace ovale, cadre en bois sculpté et doré Louis XV.

165 — Petit écran en bois de teck sculpté et ajouré, incrusté de nacre, décor à personnages près d'une mosquée.

166 — Jardinière de même travail, sur quatre pieds.

167 — Petite bibliothèque tournante avec tiroirs, thermomètre et encrier, de la Maison TERQUEM.

168 — Armoire ancienne de poupée en bois sculpté.

TABLEAUX, PASTELS

BONNINGTON (Attribué à)

169 — Bataille de Missolonghi.

Effet d'incendie.

CAZALY

170 — L'Amarrage.

VÉLASQUEZ (École de)

171 — Portrait de grande-dame richement parée, tenant des fleurs, représentée à mi-corps.

Cadre bois sculpté.

ÉCOLE FRANÇAISE

172 — Portrait de femme à corsage bleu décolleté avec parements de dentelle.

Cadre en bois sculpté et doré.

ÉCOLE FRANÇAISE

173-174 — Portraits de femmes à corsages décolletés.

Deux pastels se faisant pendants.
Cadres en bois sculpté et doré.

DESSINS

BOUCHER (Attribué à)

175 — Homme assis.

Dessin au crayon noir.

BOUCHER (École de)

176 — Femme couchée.

Dessin aux trois crayons.

BOUCHER (Attribué à)

177 — Tête d'homme.

Dessin aux deux crayons.

BOUCHER (École de)

178 — La Jeune bouquetière.

Dessin aux trois crayons.

CANOVA

179 — Fontaine monumentale.

Dessin à la mine de plomb.

CAUVET (attribué à)

180 — Portrait.

Dessin au lavis.

CRAESBEECK (attribué à)

181 — Tête.

Sanguine.

DESFRICHES

182 — Paysage. Environs de Tours.

Dessin à la mine de plomb.

LAGRENÉE

183 — **Femme nue.**

Sanguine.

LEBRUN

184 — **Christ en croix.**

Dessin aux deux crayons.

MOLYN

185 — **Chaumière.**

Dessin au bistre.

MOREAU LE JEUNE

186 — **Séance au Parlement.**

Esquisse au crayon noir.

NICOLLE (attribué à)

187 — **L'Alhambra. Palais de Charles Quint à Madrid.**

Aquarelle.

NICOLLE (genre de)

188 — **Place publique à Rome.**

Aquarelle.

NICOLLE (genre de)

189 — Vue de Rome.

Aquarelle.

PRUD'HON (Ecole de)

190 — Femme et Amours.

Dessin au crayon noir rehaussé.

RAPHAEL (d'après)

191 — Le sommeil de Jésus.

Lavis à l'encre de Chine sur velin.

ROPS (F)

192 — Le Paysan,

Dessin à la plume sur papier de Chine.
Signé : F. R.

STEINLEN

193 — Femme nue.

Dessin.

SUBLEYRAS

194 — Homme à genoux,

Dessin à la pierre noire rehaussé de blanc.

TÉNIERS (David)

195 — Les Buveurs.

Dessin au crayon.
Signé : D. T. E.

WATTEAU (Attribué à)

196 — Tête de jeune femme.

Dessin aux trois crayons.

ÉCOLE ALLEMANDE

197 — Ecce Homo.

Dessin à la plume sur vélin.

ÉCOLE ANGLAISE

198 — Tête d'homme barbu.

Dessin aux deux crayons.

ÉCOLE FLAMANDE

199 — Le Joueur de boule.

Dessin au crayon noir.

ÉCOLE FLAMANDE

200 — La Nativité.

Dessin au lavis de bistre.

ÉCOLE FRANÇAISE

201 — Portrait d'un adolescent.

Dessin aux trois crayons.

ÉCOLE FRANÇAISE

202 — Tête de jeune homme coiffé d'un chapeau à plumes.

Dessin aux trois crayons.

ÉCOLE FRANÇAISE

203 — Vase en émaux de couleur.

Aquarelle.

ÉCOLE FRANÇAISE

204 — Monument religieux.

Sanguine.

ÉCOLE FRANÇAISE

205 — Château de France.

Gouache.

ÉCOLE FRANÇAISE

206 — Volatiles et insectes dans un paysage.

Aquarelle.

ÉCOLE FRANÇAISE

207 — Conventionnel lisant.

Dessin au crayon noir.

ÉCOLE FRANÇAISE

208 — Le Triomphe d'Amphitrite.

Dessin au lavis.

ÉCOLE FRANÇAISE

209 — Objet d'art en bronze.

Dessin au lavis.

ÉCOLE FRANÇAISE

210 — Portrait d'une dame âgée.

ÉCOLE FRANÇAISE

211 — Homme debout.

Sanguine.

ÉCOLE FRANÇAISE

212 — Sujet allégorique.

Dessin au crayon noir.

ÉCOLE FRANÇAISE

213 — Homme assis.

Dessin à la pierre noire rehaussé de blanc.

ÉCOLE FRANÇAISE

214 — Ornements Empire.

Dessin à la plume.

ECOLE FRANÇAISE

215 — Tête de femme.

Dessin aux trois crayons.

ECOLE FRANÇAISE

216 — Ruines : Vue d'Egypte.

Dessin au crayon noir et blanc.

ECOLE FRANÇAISE

217 — Jeune fille en extase.

Dessin à la pierre noire.

ECOLE FRANÇAISE

218 — Les crêpes. Intérieur de cuisine.

Aquarelle.

ECOLE FRANÇAISE

219 — Portrait de François Ier jeune.

Dessin sur parchemin.

ECOLE FRANÇAISE

220 — Portrait d'un jurisconsulte.

Dessin aux deux crayons.

ECOLE FRANÇAISE

221 — Etude de Musiciens.

Dessin aux trois crayons.

ECOLE FRANÇAISE

222 — Amour avec blason.

Dessin à l'encre de Chine.

ECOLE FRANÇAISE

223 — Bergers au repos.

Dessin au crayon.

ECOLE FRANÇAISE

224 — Chasseur et son chien au repos.

Dessin à la sépia.

ECOLE FRANÇAISE

225 — Pièce d'orfèvrerie.

Dessin à la mine de plomb.

ECOLE FRANÇAISE

226 — Paysage animé.

Gouache.

ECOLE FRANÇAISE

227 — Madame Dugazon dans le rôle de Babet.

Sanguine.

ECOLE FRANÇAISE

228 — Tête de jeune fille orientale.

Dessin au crayon noir.

ECOLE FRANÇAISE

227 — Portrait d'un conventionnel.

Dessin aux deux crayons.

ECOLE FRANÇAISE DU XVIIe SIECLE

230 — La création d'Eve.

Dessin au lavis.

ECOLE HOLLANDAISE

231 — Le cabaret sous le chaume.

Aquarelle.

ECOLE HOLLANDAISE

232 — Femme à l'arrosoir.

Dessin aux deux crayons.

ÉCOLE HOLLANDAISE

233 — Marine.

Aquarelle.

ÉCOLE ITALIENNE

234 — Soleil couchant.

Gouache.

ÉCOLE ITALIENNE

235 — Vue de ville avec personnages assis.

Dessin à la plume.

ÉCOLE ITALIENNE

236 — Sainte à genoux.

Lavis de bistre.

ÉCOLE ITALIENNE

237 — Jeune femme à la colombe.

Dessin à la plume.

ÉCOLE ITALIENNE

238 — Architecture.

Dessin à la plume.

ÉCOLE OMBRIENNE

239 — La Vierge et l'Enfant.

Dessin à la pierre noire rehaussé de blanc.

240-249 — Tableaux anciens de diverses Ecoles.

TAPISSERIES, ÉTOFFES, TAPIS

250 — Joli panneau en tapisserie d'Aubusson à scène champêtre, composition d'après Watteau. Travail du XIXe siècle.

251 — Tapis ancien d'Orient, dessin à rosaces, bordure polychrome.

252 — Tapis ancien de Perse, petits dessins multicolores.

253 — Carpette ancienne d'Orient à décor polychrome.

254 — Ancien tapis de prière d'Orient, dessin à portique.

255 — Tapis long ancien de Perse à petits dessins.

256 à 258 — Trois tapis anciens d'Orient de différentes grandeurs.

259 à 270 — Panneaux de tenture en soierie brochée anciens. (Sera divisé).

FOURRURES

271 — Belle étole en zibeline, doublée d'hermine.

272 — Belle étole en renard.

LIVRES

273 — Vingt-neuf volumes : La Mode illustrée avec gravures en couleur et reliés.

274 — Objets omis.

www.ingramcontent.com/pod-product-compliance
Ingram Content Group UK Ltd.
Pitfield, Milton Keynes, MK11 3LW, UK
UKHW022004260726
13994UKWH00004B/1948